Wilhelm Herchenbach

Das Büchlein vom Papste Pius IX.: zur Belehrung für Jung und Alt, dem Volke dargebracht beim 50jährigen Priesterjubiläum

Antigonos

Wilhelm Herchenbach

Das Büchlein vom Papste Pius IX.: zur Belehrung für Jung und Alt, dem Volke dargebracht beim 50jährigen Priesterjubiläum

Unveränderter Nachdruck der Originalausgabe von 1869.

1. Auflage 2024 | ISBN: 978-3-38613-681-5

Antigonos Verlag ist ein Imprint der Outlook Verlagsgesellschaft mbH.

Verlag: Outlook Verlag GmbH, Zeilweg 44, 60439 Frankfurt, Deutschland, info@outlook-verlag.de
Vertretungsberechtigt: E. Roepke, Zeilweg 44, 60439 Frankfurt, Deutschland
Druck: Libri Plureos GmbH, Friedensallee 273, 22763 Hamburg, Deutschland

Zur Erinnerung an das fünfzigjährige
Priester-Jubiläum PIUS IX.

Das Büchlein
vom Papste Pius IX.

Zur Belehrung für Jung und Alt,

dem Volke dargebracht beim 50jährigen Priesterjubiläum.

Von

Wilhelm Herchenbach.

Mit einem Titelbilde von J. B. Sonderland.

Düsseldorf.

Verlag von Eb. Reymann.

Vorwort.

Dieses Büchlein macht keinen Anspruch auf Gelehrsamkeit und Vollständigkeit. Es soll nur dazu dienen, in allen Schichten der menschlichen Gesellschaft eine innige Liebe für unsern heiligen Vater, Pius IX., zu erwecken, denn niemals hat einer unter den Lebenden eine solche Liebe und Verehrung in höherem Maaße verdient. Es ist ferner dazu bestimmt, Groß und Klein zur Nach=eiferung anzuspornen, deshalb sind aus den Tau=senden von herrlichen Thaten einzelne zusammen=gestellt, an denen Jeder sich ein Beispiel nehmen kann. Der echte Kinderfreund, der Mann mit dem weichen, wohlwollenden Herzen, den erst die Zukunft ganz würdigen wird, muß jedem Kinde, jedem Landmann, jedem Bürger bekannt werden. Das Pius-Büchlein soll, um in Massen unter dem Volke verbreitet zu werden, zu dem billigen Preise von 2 Sgr. 6 Pf. (9 K. südd. = 14 Nkr. österr.) verkauft werden.

Die Verlagshandlung glaubt ihr vorgestecktes Ziel aber nur dann zu erreichen, wenn ihr alle einflußreichen Personen behülflich sind, und sie wendet sich deshalb besonders an die Kirchen-fürsten, die Pfarrer und Lehrer, und bittet Sie, um der heiligen Sache willen, dahin mitzu-wirken, daß das Pius-Büchlein in allen katho-lischen Händen, die Schulkinder besonders ein-geschlossen, sich befinden möge.

Düsseldorf, im März 1869.

Der Verfasser.

I.

Seine Kindheit und Jugend.

Zu Sinigaglia, einer kleinen Hafenstadt an der Ostküste des Kirchenstaates, lebte am Schlusse des vorigen Jahrhunderts der edle Graf Jerome Mastai-Ferretti mit seiner frommen Gemahlin Katharina Solazzi. Die Familie Mastai bekleidete seit fast 400 Jahren die höchsten Ehrenposten der Stadt Sinigaglia und stand deshalb bei allen Einwohnern in hoher Achtung. Graf Jerome und seine Gattin Katharina hatten sich außerdem die Liebe ihrer Mitbürger, besonders durch ihre überall bekannte Wohlthätigkeit gegen die Armen erworben. Zu ihren anderen Kindern schenkte ihnen der Himmel am 13. Mai 1792 den kleinen Giovanni Maria, auf dessen Haupte jetzt die dreifache Krone des heiligen Petrus strahlt. Er wurde also mitten in den Stürmen der französischen Revolution geboren, und die Greuel jener schrecklichen Zeit sollten die Einleitung zu all den Leiden sein, die er später persönlich zu erduldet hatte.

Von seinen ersten Kinderjahren wissen wir nicht viel; da seine spätere Größe den Augen der Zeitgenossen noch verborgen war, so fand sich keine Feder, welche seinen kleinen Fußstapfen folgte und die Ereignisse im Vaterhause aufschrieb; doch wissen wir, daß die fromme Mutter den Grund zu seiner Herzensreinigkeit und tiefen Religiösität legte. Sie befolgte dabei eine einfache und natürliche Methode, die allen Müttern empfohlen zu werden verdient.

Wenn das herzige Knäblein auf ihrem Schooße saß, erzählte sie ihm von den Herrlichkeiten des Himmels, von den geflügelten Engeln, vom Jesuskinde, von der heiligen Jungfrau Maria und von den christlichen Helden, welche um des Glaubens willen den Marter= tod erlitten.

Der kleine Giovanni lauschte mit Entzücken; wenn auch der Schlaf sich meldete, die Aeuglein fielen ihm nicht zu, so lange die Mutter erzählte. In kindlicher Weise stellte er tausend Fragen, die bereits von seinem lebhaften und aufgeweckten Geiste Zeugniß gaben, und welche die kluge Mutter immer passend zu beantwor= ten mußte.

Sobald sein Gemüth für die Aufnahme des gött= lichen Samens vorbereitet war, lehrte sie ihn das hei= lige Kreuzzeichen machen und das Vaterunser beten. Andere kleine Gebete reihten sich an, und die ausge= zeichnete Mutter verstand es, ihm diese frommen Uebungen so werth zu machen, daß ihm das Gebet eine Lust war.

Er mochte ungefähr fünf Jahre alt sein, als sich seine Eltern auf ihren, in der Nähe von Sinigaglia liegenden Landsitz begaben, wo dem muntern Knaben größere Freiheit im Umherlaufen gestattet werden konnte. Mit seinem Diener Domenico Guido lief er häufig in der Umgegend umher, pflückte Blumen, fing Schmetterlinge und freute sich an den Schönheiten der Landschaft. Da kam er einmal an ein tiefes stehendes Wasser, in welchem eine Menge Fische munter umher= schwammen. Es wandelte ihn nach Kinderart die Lust an, einige der glänzenden und behenden Schwim= mer mit den Händen zu fangen und er stieg hastig den steilen Uferrand hinab. Unglücklicher Weise glitten seine Füßchen aus und er stürzte in das Wasser.

Auf sein Geschrei eilte der Diener herbei. Wer beschreibt seinen Schrecken, als er den kleinen Giovanni Maria vor seinen Augen versinken sah. Mit einem heißen Stoßseufzer auf den Lippen sprang er ihm nach, und Gott, der dieses unschätzbare Leben nicht zu Grunde gehen lassen wollte, war mit ihm, er konnte den wie= der auftauchenden Knaben ergreifen und an's Ufer brin= gen. Vom Tode war er gerettet, aber er hatte bis in sein zweiundzwanzigstes Jahr an den Folgen dieses Sturzes zu tragen. Ein peinliches Uebel bildete sich nach und nach bei ihm aus und wurde so groß, daß die berühmtesten Aerzte, welche zur Hülfe herbeigerufen wurden, die Erklärung abgaben, er werde demselben erliegen.

Die ersten Schritte auf dem Wege seiner Ausbil= dung leitete die Mutter mit vielem Glücke. Sein scharfer Verstand und sein gutes Gedächtniß, so wie sein ernster Wille kamen ihr dabei gut zu statten; aber er konnte nicht immer im Vaterhause bleiben, es war

vielmehr nothwendig, ihn zum Behufe seiner wissen=
schaftlichen Ausbildung in die Fremde zu schicken. Die
Mutter mag seines kränkelnden Zustandes wegen lange
Bedenken getragen haben, aber in seinem elften Lebens=
jahre mußte doch die Entscheidung fallen.

Die Wahl der Schule war nicht leicht; endlich
beschloß man, ihn dem Piaristen=Collegium zu Voltera
zu übergeben, weil es weit und breit einen guten Ruf
hatte und am geeignetsten erschien, dem hervorragenden
Geiste des geweckten Knaben reiche Nahrung zu geben.
Diese hochgelegene Bergstadt mit ihrem Dome und den
schönen Kirchen wurde nun sechs Jahre lang sein
Aufenthalt; denn so lange blieb er als Pensionär in
dem berühmten Collegium, um sich den klassischen Stu=
dien zu widmen.

Giovanni Maria zeichnete sich bald durch seinen
Fleiß, seine Beharrlichkeit und seine Fortschritte vor allen
Zöglingen so sehr aus, daß er die Aufmerksamkeit sei=
ner Lehrer auf sich zog. Seine musterhafte Aufführ=
rung, seine engelreinen Sitten und sein fester Charak=
ter machten ihn bald zum Lieblinge des Collegiums und
man hielt schon damals große Stücke von ihm. Als
ein gelehrter Franzose im Auftrage Napoleons I. die
Schule revidirte, setzte er diesen durch seine treffenden
Antworten so sehr in Erstaunen, daß er ihm eine
große Zukunft voraussagte. Der Mann dachte damals
wohl nicht, in welch hohem Grade diese Prophezeiung
in Erfüllung gehen sollte.

II.

Sein Aufenthalt in Rom und seine wunderbare Heilung.

Im October des Jahres 1808 verließ der junge Mastai das Collegium zu Voltera, um seine Studien in der Weltstadt Rom abzuschließen; sein Oheim Mastai, Domherr an der Peterskirche, nahm ihn in seinem Hause auf und war ihm in jeder Beziehung ein lieber Freund und Berather. Eifrig lag er seinen Studien ob, aber ein banges Gefühl für seine Zukunft preßte ihm oft den Angstschweiß aus, denn die Krankheit, zu welcher der Sturz in's Wasser den Grund gelegt, hatte sich nach und nach zur Fallsucht ausgebildet, ein Uebel, welches ihm jede Laufbahn verschloß. Dazu kamen die unerträglichen Zustände in Rom. Die übermüthigen Franzosen, welche sich dort breit machten und selbst in die kirchlichen Verhältnisse eingriffen, machten sein Herz erbeben, und er glaubte zu sterben, als der heilige Vater, Pius VII., eines Tages mit brutaler Gewalt gefangen genommen und auf Befehl Napoleons hinweggeführt wurde. Dieses geschah in der Nacht vom 5. auf den 6. Juli 1809. Mit blutendem Herzen hörte der junge Graf am folgenden Morgen den Vorfall berichten; in tiefster Seele verwundet, schloß er sich von der Welt ab und lebte um so eifriger seinen Studien.

Um diese Zeit hörte er von einem armen Maurer erzählen, dem Giovanni Borgi, welcher trotz seiner Armuth ein Asyl für verwaiste und verwahrloste Kin=

der errichtet hatte und dessen ganze Lebensaufgabe darin bestand, diese Kinder glücklich zu machen. Von Bewunderung ergriffen, eilte er zu dem merkwürdigen Manne und traf ihn mitten zwischen seinen Schutzbefohlenen. Die Kinder nannten ihn Tata (Vater) und davon erhielt das Hospiz den Namen Tata Giovanni. Vom ersten Augenblicke an liebte er den alten einäugigen, sonderbar aussehenden Mann und bat sich die Erlaubniß aus, ihm in seinem Wirken behülflich sein zu dürfen. Sie wurde gerne gegeben, und von diesem Tage an brachte er alle seine freien Stunden unter jenen unglücklichen Kindern zu. Andere an seiner Stelle hätten ihren Grafentitel und ihre Gelehrsamkeit lieber benutzt, um die Freundschaft der Großen zu suchen und mit ihrer Hülfe auf der Leiter des Ruhmes emporzusteigen. Mastai dachte nicht daran; die Freundschaft des armen Maurers stand ihm höher, als Ruhm und Aemter.

Indessen war der Aufenthalt in Rom kein angenehmer; Alle echten Verehrer des gefangenen Pius konnten sich in einer Stadt, wo das Oberhaupt fehlte, wo die Willkürherrschaft einer fremden Macht immer mehr Boden gewann, nicht mehr wohl fühlen. Die Patrioten, immer in Gefahr für ihr Leben und Eigenthum, zogen es vor, Rom zu verlassen und auf fremder Erde eine Zufluchtsstätte zu suchen. Auch Mastai und sein Oheim gingen; er traf nach zweijähriger Abwesenheit wieder bei seinen Eltern zu Sinigaglia ein.

Im Jahre 1812 wurde er von Napoleon aufgefordert, zu Mailand in die Ehrengarde des Vicekönigs Eugen einzutreten. Er lehnte es ab, während sein

Bruder dem Wunsche, der einem Befehle glich, folgte. Einestheils fehlte es ihm an Neigung, dem Unterdrücker zu dienen, auf der andern Seite verbot ihm auch sein leidender Zustand, dem Rufe Folge zu leisten.

Auf den Schlachtfeldern von Leipzig wurde dem Franzosenkaiser endlich das Scepter in Stücke gebrochen; seinen nahen Fall ahnend, entließ er den Papst aus der langen Haft, und dieser zog im Triumphzuge nach Italien. Er kam auch durch Sinigaglia, wo ihm der junge Mastai vorgestellt wurde. Dieser war so begeistert für den heiligen Vater, daß er sich entschloß, ohne Verzug seine Vaterstadt zu verlassen und ihn nach Rom zu begleiten. Auf der Piazza del Populo rief er ihm mit den Tausenden des herbeigeströmten Volkes sein Willkommen zu.

Mastai war also wieder in Rom und vertiefte sich von Neuem in die Wissenschaften, aber es verging auch fast kaum ein Tag, wo er nicht in Tata Giovanni einsprach und seine lieben Kinder in den verschiedensten Fächern unterrichtete. Er that es mit einer solchen Liebe und Sachkenntniß, daß man hätte glauben sollen, er sei zu einem Lehrer geboren. Während der Unterrichtsstunden waltete Strenge, nach denselben war er Kind mit den Kindern und hielt sich nicht für zu vornehm, an ihren heiteren Spielen sich selbst zu betheiligen; er war der munterste von allen und hatte gerne, wenn gescherzt und gelacht wurde. Regelmäßig gab er alles, was er an Geld bei sich hatte, hin, um den Kindern eine Freude zu machen.

In dieser Zeit dachten seine Eltern mit Ernst daran,

ihn in die päpstliche Nobelgarde aufnehmen zu lassen, und Pius VII., welcher ihn wegen seiner hohen Wissen= schaft schätzte, hatte ihm eine Hauptmannsstelle zugedacht. Eines Abends aber, als er nach seiner Gewohnheit zum Tata Giovanni eilte, erlitt er unweit dieses Hospizes einen heftigen, epileptischen Anfall; er mußte von der Straße aufgehoben und in die Anstalt gebracht werden, wo er sich im Bette des Directors nur lang= sam erholte.

Das Gerücht von diesem Vorfall kam zu den Oh= ren des Papstes, der ihm natürlich die zugedachte Hauptmannsstelle entziehen mußte. Mastai weinte bittere Thränen vor dem heiligen Vater und klagte, daß ihm nun jede Laufbahn verschlossen sei. Pius tröstete ihn mit den liebreichsten Worten und rieth ihm an, seine Zuflucht zur heiligen Jungfrau zu nehmen. Getröstet, einen stillen Entschluß im Herzen tragend, ging er von dannen.

Am Morgen nach der Unterredung mit dem hei= ligen Vater war er aus Rom verschwunden, Niemand wußte, wohin. Er hatte in der Nacht das Gelübde gethan, sich dem geistlichen Stande zu widmen, wenn Gott ihn von dem schrecklichen Uebel befreie; darum eilte er jetzt nach Sinigaglia, seinen Eltern den Ent= schluß mitzutheilen. Sie billigten denselben, fürchteten aber, daß die Krankheit ihn auch zu dem Dienste des Tempels untauglich machen würde.

Mastai aber, voll Vertrauen zur Gottesmutter, trat sogleich eine Pilgerfahrt nach Loretto an. Den Pilger= stab und den Rosenkranz in den Händen, wallte er zu dem Hause, in welchem die heilige Jungfrau einst ge=

wohnt hatte. Um ihre Fürbitte flehend, lag er lange in heißen Gebeten vor ihrem Gnadenbilde. Während er sich mit solcher Innigkeit an die Helferin aller Bedrängten richtete, zog das süße Vertrauen in seine Brust, daß die Wallfahrt nach Loretto nicht vergeblich sein werde. Mit hoher Freude empfing er das heilige Sacrament und kehrte in das Elternhaus nach Sinigaglia zurück. Von Stund an war er von seinem Uebel geheilt. Bis in sein hohes Alter bewahrte er deshalb der heiligen Jungfrau ein dankbares Herz und ein unbegrenztes Vertrauen.

III.

Mastai wird Priester und Director.

Kaum hatte er sich vergewissert, daß die Krankheit ihn gänzlich verlassen, so warf er seine Weltkleidung von sich und kehrte im langen, schwarzen Gewande nach Rom zurück. Auf Anrathen des Papstes wählte er den hochberühmten Graciosi zu seinem Lehrer in der Theologie und lag während dreier Jahre mit dem unermüdlichsten Fleiße dieser Wissenschaft aller Wissenschaften ob, so daß Graciosi sagen durfte, niemals einen größeren Schüler gehabt zu haben.

Trotz seines Wissens, das sich immer glänzender ausbreitete, blieb er fromm, demüthig und engelrein in seinen Sitten. Wie früher, so eilte er auch jetzt noch jeden Abend zu seinen Kindern im Tata Giovanni und lehrte sie. Die armen Verlassenen wurden ihm von Tag zu Tag lieber. Zur Belohnung für dieses freiwillige Wirkens ernannte ihn der Papst, noch ehe er die Weihen empfangen hatte, zum Director der Anstalt. Seine Wahl hätte auf keinen Würdigeren fallen können.

Am 10. April 1819 empfing er die letzte Weihe; Giovanni Maria war nun Priester, er hatte sein Ge= lübde treulich erfüllt. Man sollte glauben, der vor= nehme Grafensohn, der hervorragende Gelehrte, werde sich eine der Hauptkirchen Roms für seine erste heilige Messe ausersehen und dabei großen Pomp entfaltet haben. Weit entfernt; seine Demuth und seine Liebe zu den Waisen gestatteten das nicht. Die arme, schmuck= lose Kapelle, welche zum Tata Giovanni gehörte, war der Ort, wo er, von seinen Waisen umstanden, das erste heilige Opfer darbrachte. Das bescheidene Kirch= lein mit den wenigen Holzbänken sah ihn fürder alle Tage am Altare; die stolzen Kirchen Roms reizten ihn nicht; sein großes Herz gehörte ja den armen Kin= dern, welche sich betrübt haben würden, wenn sie nicht mit ihm hätten beten können.

Was Mastai that, das that er ganz. So widmete er jetzt auch alle seine Kräfte der Anstalt, die aus so kleinen Anfängen entstanden. Zur besseren leiblichen Pflege seiner Zöglinge verwendete er einen Theil seines Vermögens und vermehrte die Lehrgegenstände in der Anstalt in einer so praktischen Weise, daß sie sich für jedes Handwerk vorbereiten konnten, um in der Folge ihren Lebensunterhalt leichter zu gewinnen.

Sieben Jahre brachte er in dieser stillen Abge= schiedenheit zu, stets lehrend, immer freundlich und leutselig, in fast ärmlichen Verhältnissen. Es war kein Kind im Hospiz, dessen Geschichte er nicht kannte, dem

er nicht Vater und Vertrauter war, keins, welches
nicht mit der innigsten Liebe an ihm hing.

Sieben Jahre lang hatte er segensreich in seinem
stillen Waisenhause gewirkt, als der Ruf an ihn erging,
sich einer Mission nach St. Jago in Südamerika an=
zuschließen. Obschon er gerne bei seinen Kleinen ge=
blieben wäre, durfte er die Berufung nicht von sich
weisen. Erst am Abend vor seiner Abreise theilte er
den Waisen mit, daß er sie verlassen müsse. Weinend
drängten sie sich alle um ihn her und flehten ihn an,
zu bleiben. Es war eine herzzerreißende Scene; die
ganze Nacht ließen sie nicht von ihm, erst am Morgen,
als der Wagen kam, ihn abzuholen, ergaben sie sich in
das Unvermeidliche.

IV.

Die Missionsreise nach Südamerika.

Als seine Mutter vernahm, daß er bestimmt sei,
an der amerikanischen Mission Theil zu nehmen, er=
schrack sie nicht wenig, weil eine solche Reise damals
noch mit großen Gefahren verbunden war, und sie
suchte ihn zurückzuhalten; Papst Pius VII. aber bestand
auf seiner Abreise. Am 3. Juli 1823, nachdem er
noch ein letztes Mal von seinen geliebten Zöglingen
Abschied genommen, verließ er die ewige Stadt, um
sich mit seinen Gefährten zu Genua auf der Brigg
„Eloysa" einzuschiffen. Dort aber traf sie die uner=
wartete Nachricht vom plötzlichen Tode des Papstes.
Dadurch entstand ein langer Aufenthalt, bis der neu

erwählte Nachfolger Petri, Leo **XII.**, bestätigte, was sein Vorgänger angeordnet. Am 5. October fuhren sie ab, anfangs mit gutem Wind, doch schon bei der Insel Majorca wurden sie von einem so heftigen Sturme überfallen, daß Mastai, aus seiner Coje geschleudert, durch die Cajüte rollte. Im Hafen von Palma wurden sie nicht allein von den Behörden zurückgehalten, sondern auch mit brutaler Gewalt in's Gefängniß geworfen.

Da aber nichts Verdächtiges an ihnen gefunden werden konnte, so mußte man sie entlassen; neuer Sturm überfiel sie, selbst von Seeräubern wurden sie heimgesucht. Mastai's weiches Herz hatte im Sturme nicht gezittert, aber es bebte zusammen, als er eines Tages dem grausigen Anblick eines Sclavenschiffes und der unglücklichen Opfer auf demselben nicht entgehen konnte, da weinte er Thränen des Mitleids über diese armen, nackten, jeder Willkür preisgegebenen Menschen.

Auf dem Schiffe gingen mit der Zeit die Lebensmittel aus, und die Reisenden wurden auf so schmale Portionen gesetzt, daß sie hungerten. Doch nicht genug damit, überfiel sie ein furchtbarer Orkan; er war so heftig, daß Alle sich in den Tod ergaben und denselben betend erwarteten. Mastai wurde so stark gegen einen der Geistlichen geschleudert, daß man glaubte, Beide hätten tödtliche Verletzungen davon getragen. Der Hochbootsmann wurde über Bord geschleudert und nur mit äußerster Anstrengung gerettet. Gott aber ließ sie alle Gefahren der See überwinden; am 1. Januar 1824 erreichten sie den Hafen von Montevideo und ge=

langten von dort in eilf Tagen nach Buenos=Ayres, wo ihnen ein glänzender Empfang zu Theil wurde.

Die Reise zu Schiffe war beendigt, man mußte jetzt die von Indianern und wilden Bestien wimmeln= den Pampas durchkreuzen und in der Gluthhitze jener unermeßlichen Grasebene dem Hunger, dem Durste, der Müdigkeit und tausend Gefahren Trotz bieten. Mitten in dieser furchtbaren Einöde fanden sie einen englischen Offizier, welcher krank und ohne Pflege, so viele Mei= len von der Heimath, dem Tode entgegensah. Mastai wurde so sehr von Mitleiden ergriffen, daß er die Ge= fährten allein ziehen ließ und bei dem Kranken zurück= blieb und ihn pflegte, bis er genesen war. Ist es nicht ein großer und gewaltiger Zug seiner Menschenliebe, daß er sein Leben in Gefahr brachte, um dem Sohne einer andern Kirche barmherziger Samariter zu werden?

Nachdem endlich die schrecklichen Graswüsten der Pampas durchkreuzt waren, mußten unter nicht weniger Gefahren die wilden Gebirgsketten der Andes über= stiegen werden, bis unsere Missionäre endlich nach einer drei Monate langen Landreise am 6. März Sant Jago erreichten.

Mit welchem Jubel sie auch hier von der Be= völkerung empfangen wurden, die Behörden legten ihnen überall Hindernisse in den Weg; sie bekamen weder zureichende Nahrung, noch anständige Wohnung und doch unterwarfen sie sich den mühseligsten Missions=Reisen im Lande. Trotz aller Widerwärtigkeiten verlor Mastai= Ferretti weder den Muth, noch die Liebe; unermüdlich im Dienste Gottes, widmete er jede freie Minute der leidenden Menschheit und dem Unterrichte der Unwissenden

Was er besaß, gab er den Armen; selbst arm kam er nach einer zweijährigen Abwesenheit nach Rom zurück.

V.

Mastai als Erzbischof und Kardinal.

Papst Leo XII., dem die Tüchtigkeit Mastai's nicht entgangen war, ernannte ihn zum Lohne für seine der Mission geleisteten Dienste zum Stiftsherrn der Kirche Santa Maria in Vita-Lata. Es war eine einfluß= reiche Stellung und die erste Staffel zu hohen kirch= lichen Würden. In dieser Kirche befindet sich das Ge= fängniß, in welchem der Apostel Paulus zwei Jahre mit der Kette an den Arm eines römischen Soldaten geschlossen war. — Sollte man's glauben, daß Mastai sich mit seinen reichen Einkünften und seiner schönen Stellung nicht glücklich fühlte? Nein, er begehrte wieder zu den Armen und Elenden und zu verwahrlosten Kin= dern. Sein Herz war zu groß für einen bequemen Ehrenposten.

Kaum hatte der heilige Vater vernommen, wie es um ihn stand, so ernannte er ihn schon nach zwei Mo= naten zum Director des Hospizes vom heiligen Michael. Diese Anstalt war ein ungeheures Gebäude, in welches Elende und Unglückliche, wie sie immer Namen ha= ben mochten, aufgenommen wurden. Dieses Hospiz zerfiel in die verschiedenartigsten Anstalten: ein Waisen= haus, eine Erziehungsanstalt für Mädchen, ein Cor= rectionshaus, eine Strafanstalt, eine Kunst= und Ge= werbeschule, wo alle Handwerke und Künste gelehrt wurden. Wir können hier nicht Alles aufzählen; es genügt, wenn wir sagen, daß Europa kein ähnliches, kein so großartiges Institut aufzuweisen hat. Nur die Armen und Elenden fanden hier eine Zufluchtsstätte, aber auch eine tüchtige Ausbildung in den Wissenschaften, den Künsten oder Gewerben.

Als Mastai zum Director ernannt wurde, that fast in allen Zweigen eine durchgreifende Verbesserung wohl und sie kam durch seine Einsicht in einer so außerordentlich wirksamen Weise zu Stande, daß ihn der heilige Vater schon nach zwanzig Monaten aus Dankbarkeit zum Erzbischofe von Spoleto erhob. Er hat dieser Anstalt, wie auch dem Tata Giovanni bis auf den heutigen Tag seine Liebe bewahrt und besucht sie wenigstens einmal im Jahre. Wie der bejahrte Kirchenfürst auch jetzt noch mit Kindern umzugehen weiß, und wie sie ihm gegenüber sich so vollständig unbefangen fühlen, das ist gewiß ein schönes Zeugniß für seine Herzensgüte und innige Liebe.

In seiner neuen Stellung als Erzbischof machte er sich bald allgemein beliebt, obschon er mancherlei Mißbräuche mit Strenge abschaffte. Um sich eine genaue Kenntniß seiner Heerde zu verschaffen, suchte er den Adel in seinen Schlössern, den Handwerker in seiner Werkstätte, den Armen in den Hütten des Elends auf; überall brachte er Segen. Die Sorge für die Kinder war ihm so zur zweiten Natur geworden, daß er auch hier ein Waisenhaus für arme Kinder erbaute und sie in den verschiedenartigsten Handwerken unterrichten ließ.

Leider wurden seine Bestrebungen im Jahre 1830 durch die Revolution gehemmt. Spoleto war im offenen Aufruhr, so daß österreichische Truppen, deren Hülfe der Papst erfleht hatte, gegen die Stadt rückten. Der Erzbischof sah im Geiste das furchtbare Blutbad, welches sie in den Straßen errichten würden und eilte vor das Thor, um die Truppen zum Einhalten zu beschwören. Mastai, der einzelne Mann, machte sich ihnen gegenüber verantwortlich für die Aufrechthaltung der Ruhe und Ordnung. Es war ein schweres Unternehmen, aber mit unerschrockenem Muthe trat er den Aufrührern in der Stadt entgegen, und die Macht seiner Worte war so groß, daß sie sofort die Waffen auslieferten. Ganz Genua jauchzte vor Freude; am Abend waren die Straßen illuminirt und große Volkshaufen umlagerten mit lautem Freudengeschrei den erzbischöflichen Palast.

Auch der jetzige Kaiser von Frankreich, Louis Napoleon, damals ein brauseköpfiger Revolutionär, befand sich unter den Insurgentenhorden; sein Tod war gewiß, wenn er den siegenden Oesterreichern in die Hände fiel. Flüchtig und in steter Todesangst begab er sich unter den Schirm des Erzbischofs, den er doch bedroht hatte, und dieser rettete ihm nicht allein das Leben, sondern half ihm auch über die Grenze. Später wurde er noch einmal sein Lebensretter. Wie wird sich am Ende seine Dankbarkeit beweisen?

Ein Agent der römischen Polizei zeigte dem Erzbischofe eines Tages eine Liste, auf welcher eine ganze Reihe von Aufständischen verzeichnet waren, die er in Rom angeben wollte. Von Mitleid ergriffen, warf Mastai die Liste in's Feuer und warnte die Männer, daß sie heimlich fliehen konnten.

Der heilige Vater ertheilte ihm dafür einen Verweis, aber er achtete seine Beweggründe so hoch, daß er ihm sein Vertrauen nicht entzog, sondern ihn im Jahre 1832 auf den bischöflichen Sitz von Imola versetzte, wo ein solcher Mann wie Mastai noth that. Bei seinem Umzuge hatte seine Liebe zu den Armen seine Kasse so vollständig geleert, daß er dem letzten Bittsteller nichts geben konnte, als einen silbernen Leuchter.

Kaum war er in Imola angekommen, so that er, wie er allerwärts gethan, er nahm sich der verwahrlosten Kinder an, ließ sie erziehen und zu brauchbaren Menschen ausbilden. Der Geistlichkeit war er nicht allein ein Vorbild, sondern er traf auch Einrichtungen, welche sie zu tieferen Studien ermuthigten.

Wollte man all das Gute aufzählen, was er zu Imola that, so müßte man Bände füllen. Seine Tugenden und großartigen Leistungen blieben nicht verborgen, darum wurde er im Jahre 1841 zur Kardinalswürde erhoben.

Die Einwohner von Imola schwammen bei seiner Erhebung in Freuden und veranstalteten große Feste; er aber, der Gefeierte, weit entfernt, sein Haupt hoch zu tragen, beging einen neuen Act der Fürsorge für die Elenden, indem er eine Zufluchtsstätte für reuige Sünderinnen gründete und zu ihrer leiblichen und geistigen Pflege die Frauen vom guten Hirten nach Imola berief. Für diese Anstalt opferte er sein ganzes Vermögen. Liebe und Wohlthätigkeit, das sind die beiden Grundzüge, welche sich in all seinen Handlungen offenbaren.

VI.

Mastai wird Papst.

Gregor XVI. war am 1. Juni 1846 gestorben. Kardinal Mastai empfing die Nachricht von seinem Tode, während er, im Gebete versunken auf den Knien lag. Als er hierauf nach Rom zum Conclave reiste, passirte er in der Mittagsstunde ein Dörfchen, wo neue Pferde vorgespannt wurden. Neugierig sammelte sich das Volk um seinen Wagen, um ihn zu sehen. Da fuhr aus der Luft eine weiße Taube herab und setzte sich auf den Wagen nieder. Die Umherstehenden klatschten in die Hände und riefen begeistert: Vivat! Vivat! Er wird Papst werden! Kinder und Erwachsene wollten die Taube verscheuchen, aber sie blieb. Da rief das Volk abermals: Vivat! Vivat! Er wird Papst werden! Erst außerhalb der Stadt flog die Taube von dannen.

Ohne alles äußere Gepränge fuhr er Abends in Rom ein und Niemand wußte, daß er da war. Uebrigens gab es auch wenige von den Vornehmen, welche ihn kannten, denn er hatte sich ja nur in den Studirsälen der Jugend, bei den Kindern und Kranken, nicht in den Empfangssälen der Großen aufgehalten.

Am Abend des 14. Juni kamen die Kardinäle zum Conclave, um einen neuen Papst zu wählen. Das Loos entschied, daß Mastai die Stimmen abzulesen hatte, welche aus der Urne kamen. Beim vierten Scrutinium mußte er seinen eigenen Namen achtzehnmal hintereinander ablesen. Da wurde er von einer so heftigen Aufregung ergriffen, daß sich seine Augen ver=

schleierten und ein Schwindel ihm fast die Besinnung
raubte. Thränen entflossen seinen Augen und er mußte
eine Zeitlang auf einem Sessel ruhen, bis er fort=
fahren konnte. Noch achtzehnmal kam dann sein Name
aus der Urne; er war zum Papste erwählt und erklärte
nach einem kurzen Gebete, daß er die Wahl annehme.
Sogleich erfolgte die Huldigung der Kardinäle Die
Bekanntmachung aber sollte erst am folgenden Morgen
geschehen.

Gegen Mitternacht schrieb er einen Brief an seine
Brüder zu Sinigaglia, welcher, voll Demuth und Gott=
ergebenheit, den Wunsch aussprach, wenn zu seiner Ehre
Festlichkeiten veranstaltet würden, so sollten sie doch
sorgen, daß die Ausgaben zu guten Werken verwendet
würden.

Am folgenden Tag um 9 Uhr wurde dem Volke,
welches in großer Spannung vor dem Quirinal harrte,
verkündigt, daß Giovanni Maria Mastai Feretti zum
Papste erwählt worden sei und den Namen Pius IX.
angenommen habe. Als der neue Papst auf den Balkon
trat und das Volk segnete, brach der Sturm der Be=
geisterung los: Viva Pio nono! erscholl es auf dem
Monte Cavallo und pflanzte sich von dort durch die
ewige Stadt fort. Die Kanonen der Engelsburg er=
dröhnten, die Glocken der dreihundertundfünfzig Kirchen
Roms erschollen, die Schweizergarden feuerten Ehren=
salven ab, das Jubelgeschrei fand kein Ende.

Am 17. Juli erließ der heilige Vater eine allge=
meine Amnestie; die Kerker öffneten sich Tausenden und
aber Tausenden. In der päpstlichen Hausordnung wurde
eine große Veränderung vorgenommen. Pius IX. wollte

nicht wie ein Fürst, sondern wie ein Diener Gottes leben. Eine große Zahl von Dienern wurde entlassen, die Hälfte der Pferde verkauft, für seine Tafel eine tägliche Ausgabe von 3 höchstens 4 Franken festgesetzt. Welcher Privatmann speist so einfach? Seine Zimmer sind fast bis zur Nacktheit dürftig eingerichtet.

Was er als Student, als einfacher Priester und als Bischof gethan, unterließ er auch als Papst nicht; er fuhr noch immer fort, die Hütten des Elends zu besuchen.

VII.
Seine Flucht und Rückkehr.

Pius IX. war der erste unter allen Monarchen, welcher erkannte, daß die Zeit gekommen sei, wo man dem Volke größere politische Freiheiten gewähren könne, und er gab sie aus eigenem Antriebe, nicht von der Nothwendigkeit gedrängt. Die Presse erhob ihn dafür in den Himmel; in dem neuen Papste sah man den Retter und Erlöser aus aller Knechtschaft. Aber es gab eine Partei im Lande, welche zu immer neuen Refor= men drängte und weit mehr verlangte, als der Papst geben konnte. Da verwandelte sich das „Hosianna" in das „Kreuzige ihn." Wilde Rotten durcheilten unauf= hörlich die Stadt und forderten gebieterisch Unmögliches.

Durch den Widerstand erbittert, ermordeten die Ver= schworenen am 15 November 1848 den Minister, Grafen Rossi, dann belagerten sie Pius in seinem Palaste und richtete Kanonen gegen das Hauptthor. Seine ganze

Vertheidigung bestand aus einer Hand voll Schweizer; aber er wollte weder Blut vergießen, noch sich zu unausführbaren Reformen zwingen lassen, darum ergriff er auf Anrathen des diplomatischen Corps die Flucht und kam nach vielen Gefahren in Gaeta, auf neapolitanischem Gebiete, an.

Das Unglück verhärtete sein Herz nicht; er blieb derselbe mitleidige, liebevolle Charakter; auch in der Verbannung war es sein liebstes Geschäft, die Spitäler zu besuchen und die Unglücklichen aufzurichten.

Da die Empörer immer mehr Greuel aufeinanderhäuften, so sprach er am 1. Januar 1849 ihre Excommunication aus. Sie antworteten mit seiner Absetzung als weltlicher Fürst, aber der Papst erhob seinen Protest vor ganz Europa.

Keinen Augenblick vergaß er die Sorge für die Kirche; aus der Verbannung heraus richtete er die Encyclica, d. h. das Rundschreiben bezüglich der unbefleckten Empfängniß der heiligen Jungfrau Maria an alle Bischöfe der katholischen Welt. Es war ihm eine Herzens- und Glaubenssache geworden, die u n b e f l e c k t e Empfängniß zum Dogma zu erheben.

Nachdem die französischen Waffen ihm den Weg gebahnt und Rom genommen hatten, kehrte er im Monat April 1850 in seine Hauptstadt zurück; die Reise dorthin glich dem Triumphzuge eines alten römischen Imperators. In Rom hatte die Freude kaum Grenzen, alle Stirnen neigten, alle Knie beugten sich. Die Illumination, die am Abend folgte, war eine der glänzendsten, welche Rom jemals gesehen.

Jetzt, wird man denken, wo Pius im Schutze de-

französischen Waffen, stärker war, als vor der Revolu=
tion, wird er der Rache vollen Spielraum gelassen
haben. Ach, und welche Rache! Er erließ abermals
eine Amnestie und brach die Ketten derjenigen, die ihn
nicht allein seiner Macht berauben, die ihn tödten wollten.
Der Herrscher über Millionen blieb seiner Gewohnheit
auch nach der siegreichen Rückkehr getreu. So oft seine
vielfachen Geschäfte ihn losließen, weilte er in den Spitälern
an den Krankenbetten, bei seinen lieben Kindern in den
Waisenhäusern, überhaupt dort, wo Trost und Hülfe
nothwendig waren.

Die Zeit vom Jahre 1850 bis 1858 war eine
großartige Epoche für die Ausbreitung des Glaubens bis
in die entferntesten Länder der Erde. Am 8. Dezember
1854 hatte er die Freude, der Welt das Dogma von
der unbefleckten Empfängniß verkündigen zu dürfen.

Wie sehr das Volk ihn liebte, zeigte sich auf der
Rundreise, welche er im Jahre 1857 durch seine Staaten
machte, durch die beispiellose Begeisterung, womit er
überall aufgenommen wurde. Leider aber waren seine
Prüfungen noch nicht zu Ende. Zwei Jahre später
begann wieder die Revolution ihr Haupt zu erheben
und sie scheint bis zum heutigen Tage noch nicht voll=
ständig abgeschlossen. Wie in diesen Stürmen der heilige
Vater den größten Theil seiner Staaten verlor, wie er
trotz seiner Bescheidenheit und seiner geringen Ansprüche
in so großer Armuth lebte, daß die katholische Welt
ihn durch Spendung des Peterpfennigs erhalten
mußte, das alles lebt noch zu frisch im Gedächtnisse
der Zeitgenossen, um hier weitläufig verzeichnet werden
zu müssen; auch widerstrebt es dem Verfasser, ein Bild

jener blutigen Kämpfe zu entrollen, die den Verlust eines großen Theiles des Kirchenstaates herbeigeführt haben. Sie gehören außerdem in ein größeres Werk, das er beginnen und vollenden wird, wenn Gott ihm Zeit und Gesundheit läßt. Hören wir lieber noch einzelne charakteristische Züge aus seinem Leben und eine Beschreibung seiner Person:

1.

Pius IX.

Der heilige Vater ist etwas mehr als mittelgroß, hat eine ernste, natürliche Haltung und macht auf Jeden, der ihm nahe kommt, den Eindruck eines Mannes von großem Wohlwollen und hervorragender geistiger Begabung. Seine Stimme ist sanft und wohlklingend und wirkt bezaubernd auf den Hörer. Bei großen Versammlungen tönt sie mit ungewöhnlicher Kraft noch zu den entferntest Stehenden. Sie ist eine der schönsten und gewaltigsten Stimmen Roms, die auch beim Gesange entzückt.

Seine breite, hohe Stirne deutet auf den Sitz mächtiger Gedanken, sein Auge ist ausdrucksvoll, sein Blick lebhaft; es spricht Wohlwollen und Güte aus demselben; über das Antlitz ist eine sanfte Heiterkeit ausgegossen, das Lächeln des intelligenten Mundes ist hinreißend. Die Züge des erhabenen Mannes werden übrigens kaum merkbar von den Leiden überhaupt, die er während seines einundzwanzigjährigen Pontificats erduldet. Seine Rede dringt tief zum Herzen; alle, die ihn gehört, stimmen darin überein, und selbst hochgestellte Protestanten bekennen offen, daß man ihn nicht hören kann, ohne wie von einem Zauber hingerissen zu wer=den. Sein ganzes Wesen macht den Eindruck eines geborenen Herrschers.

2.

Der Fischer Bako.

Als der Abbate Mastai sich in der neuen Welt aufhielt, wollte er sich einst auf einem chilenischen Schiffe von Valparaiso nach Lima begeben. Ein hef=tiger Sturm erhob sich und drohte das Fahrzeug an den Felsen zu zerschellen. Ein armer Fischer, Namens Bako, sah die Gefahr, worin der ihm unbekannte Prie=ster schwebte. Die Menschenliebe trieb ihn an, mit einigen Negern zur Rettung herbeizueilen. Er erreichte auch trotz des Sturmes das chilenische Schiff und brachte es wohlbehalten in den kleinen Hafen von Arica.

Mastai suchte am nächsten Tage die Hütte des Fi=schers auf und schenkte ihm aus Dankbarkeit seine Börse mit 400 Piastern, welches etwa 2000 Franken oder 533 preußische Thaler ausmacht. Seine Dank=barkeit hatte aber damit noch nicht ihr Ende erreicht; als er Papst geworden war, fiel ihm der arme Fischer Bako wieder ein, und er sandte ihm noch einmal die=selbe Summe und außerdem noch sein Portrait. Mit Erstaunen erfuhr der Fischer, daß der junge Abbate, den er damals gerettet, Papst geworden war. Die erste Gabe hatte ihn durch glückliche Speculationen zum reichen Manne gemacht, er bedurfte des Geldes nicht mehr. Er ließ deshalb in der Nähe seiner Wohnung eine Kapelle erbauen, in welcher das Bildniß des heiligen Vaters eine würdige Stelle fand.

3.

Das goldene Besteck.

Der Erzbischof von Imola hatte bei einer außerordentlichen Gelegenheit vornehme Gäste zu Tische geladen und befohlen, daß sein goldenes Besteck zu seinem Gedecke gelegt werde. Es war ein Geschenk seiner Mutter, weshalb er es auch nur bei besonders feierlichen Gelegenheiten gebrauchte. Während die Gäste im Empfangssaale sich mit dem Erzbischof unterhielten, wurde ihm Jemand gemeldet, der ihn zu sprechen wünsche.

„Eminenz," redete ihn der Vorgelassene an, „noch vor wenigen Jahren zählte ich zu den begütertsten Einwohnern von Imola. Unglückliche Geschäfte haben mich so arm gemacht, daß ich jetzt als Handelsdiener meine Familie ernähren muß. Augenblicklich könnte ich ein bedeutendes Geschäft machen und nach und nach wieder in den Besitz meiner Güter gelangen, wenn ich eine größere Geldsumme besäße, aber Jedermann weist mich mit Achselzucken ab. Eminenz, helfen Sie mir, retten Sie mich!"

„Ich habe in diesem Augenblicke keinen Scudo in meiner Kasse," antwortete der Bischof, „aber ich kann Ihnen doch helfen." In den Speisesaal eilend, nahm er das goldene Besteck und brachte es dem Hülfsbedürftigen mit dem Auftrage, es so lange zu versetzen, bis wieder Geld in der bischöflichen Kasse sei.

Er ging hierauf zu seinen Gästen zurück, wunderte sich aber, daß es so lange dauerte, bis sie zur Tafel gerufen wurden. Er zog die Glocke und erbat sich Aufklärung. Da erschien das ganze Dienstpersonal, warf sich ihm zu Füßen und klagte, daß sein goldenes Besteck gestohlen sei. Niemand aber wollte der Dieb sein, jeder betheuerte seine Unschuld.

Da lachte der Bischof und sprach: „Ich selbst bin der Dieb. Gebt mir nur ein gewöhnliches Besteck."

Der Kaufmann hatte Glück, wurde wieder reich und ahmte in der Folge dem guten Erzbischofe in der Wohlthätigkeit nach.

4.

Käse und abermals Käse.

Mastai's Haushofmeister war in steter Aufregung, weil das Geld seines Herrn durch Thüren und Fenster verschwand. Eines Tages kam er zum Bischofe und sagte: „Die fünfhundert Franken, welche heute Morgen noch in der Kasse waren, sind verschwunden. Zweifels= ohne haben Sie wieder alles den Armen gegeben."

„Warum so viel Unruhe? Wird uns Gott, der die Vögel des Feldes ernährt, nicht Brod geben?"

„Ja, Eminenz, aber ich besitze so zu sagen nichts mehr für Ihre Tafel."

„Morgen ist Freitag. Bringen Sie mir also zum Mittagessen Käse."

„Aber für das Abendessen ist auch nichts da.“

„So bringen Sie auch Käse für den Abend.“

5.

Die silbernen Leuchter.

Kurz nachher sprach ihn Jemand, der in großer Bedrängniß war, um vierzig Thaler an. Wie gern hätte er die Summe gegeben, aber seine Börse litt wieder an vollständiger Leere. Er öffnete also den Silberschrank und gab dem Bittsteller zwei silberne Leuchter mit der Erlaubniß, sie zu verkaufen. Der Beschenkte eilte zu einem Goldarbeiter und bot sie ihm zum Kaufe an. Dieser erkannte sofort das Eigenthum des Erzbischofs. Verdacht schöpfend hielt er den Verkäufer fest, eilte zum bischöflichen Palaste und machte Mastai die Meldung, daß soeben ein verdächtiger Mensch silberne Leuchter zum Kaufe angeboten habe, die aller Wahrscheinlichkeit nach Seiner Eminenz gestohlen seien.

„Ich danke Ihnen für die freundliche Theilnahme,“ gab der Erzbischof zur Antwort; „aber Sie können die Leuchter ohne Besorgniß kaufen und dem Manne das Geld einhändigen.“

Der Goldarbeiter merkte wohl, daß der Erzbischof bei dieser Sache etwas zu verschweigen wünsche; er setzte deshalb dem Verkäufer so lange mit Fragen zu, bis dieser ihm den Hergang mittheilte. Gerührt horchte der Goldarbeiter und gab dem Bedrängten die verlangte Summe; die Leuchter aber trug er in den bischöflichen Palast zurück und sagte: „Ich weiß Alles, Eure Eminenz können zahlen, wenn Sie Geld haben."

6.
Der Pathe.

Wie gut und wohlwollend der Cardinal Mastai von Imola war, so hatte er doch einige Feinde; der erbittertste war der Bürgermeister der Stadt. Er ließ keine Gelegenheit, den Cardinal zu kränken, unbenutzt vorübergehen. Seine Gemahlin beklagte den ungerecht= fertigten Haß ihres verblendeten Mannes und dachte auf Mittel, denselben zu brechen. Sie kam auf einen etwas sonderbar erscheinenden Gedanken, sie begehrte nämlich den Cardinal zum Pathen ihres Kindes, und da sie sich fürchtete, ihrem Manne den Vorschlag selbst zu machen, so überredete sie den Cardinal, sich unauf= gefordert anzubieten. Er versprach es, denn er war kaum im Stande, etwas abzuschlagen.

Er ging also zu dem Bürgermeister und fragte ihn, ob er schon einen Pathen habe. Als dieser verneinte, bat er, (der Mächtige den Geringen) ihn als solchen anzunehmen.

„Sie?" fragte der Bürgermeister zornig. „Das soll niemals geschehen!" Hierauf wandte er ihm den Rücken und ging zur Thüre hinaus.

Einen Monat später war der Bischof von Imola Papst geworden. Da erhielt der Bürgermeister eines Tages ein Briefchen aus Rom, welches nur die wenigen Worte enthielt: „Den Bischof von Imola haben Sie als Pathen ausgeschlagen, würden Sie den Bischof von Rom annehmen?"

Der Stolze ließ seinen Haß fahren, eilte nach Rom, warf sich dem Papste zu Füßen und dankte ihm von ganzen Herzen für seine unvergleichliche Groß= muth.

7.

Die Juden des Ghetto.

Die Juden Roms wohnen enge zusammengepfercht in einem Stadttheile, den man das Ghetto nennt. Jedermann flieht dieses Viertel wegen seines Schmutzes und seiner Ungesundheit. Pius IX. ging mit dem Gedanken um, dasselbe wohnlicher zu machen. Aus Dankbarkeit machten ihm die Juden eine kostbare Urne zum Geschenke. Er empfing die Deputation mit Wohl= wollen und sprach: „Meine Kinder, ich nehme Ihr Geschenk mit Freuden an und spreche Ihnen meinen Dank aus."

Hierauf schrieb er einen Bon für tausend Thaler und bat sie, die Summe in seinem Namen unter die Armen des Ghetto zu vertheilen.

8.

Der hülflose Jude.

Eines Tages fand Pius IX. einen armen jüdischen Greis auf dem Straßenpflaster liegen. Niemand wollte ihm Hülfe leisten, weil er ein Jude war. Der Papst stieg aus seinem Wagen, verwies ihnen ihre Härte, und legte selbst mit Hand an, ihn in seinen Wagen zu heben. Damit noch nicht genug, führte er den Greis in seine Wohnung und blieb bei ihm, bis er sich gänzlich erholt hatte.

9.
Der kleine Briefsteller.

Der Papst saß noch nicht lange auf dem Stuhle des heiligen Petrus, als er ein Briefchen von einem zwölfjährigen Knaben erhielt.

„Heiliger Vater," schrieb er; „meine kranke, schwache Mutter befindet sich im größten Elende; sie hat keinen andern Versorger, als mich, aber ich kann ihr keine Medicamente und einige andere nothwendige Bedürf= nisse kaufen. Ich brauche durchaus dreiunddreißig Paoli (acht bis neun Gulden). Erlaube, daß ich diese Summe morgen bei Dir hole."

Der heilige Vater, von dem naiven Schreiben ge= rührt, gab den Befehl, den Kleinen zu ihm zu führen, wenn er komme. Richtig fand er sich auch am folgen= den Tage ein, und da er vor den Papst geführt wurde, wiederholte er ohne Verwirrung, was er in dem Briefe gesagt hatte.

Pius IX. gab ihm zwei Goldstücke, deren Werth sechsunddreißig Paoli betrug. „Es sind drei Paoli zu viel," sagte das Kind, „aber ich habe kein Geld, um heraus zu geben." Der heilige Vater lächelte und

schenkte ihm den Ueberschuß. Vielleicht hatte er einige
Bedenken, ob der Kleine das Gold auch in angegebener
Weise verwende, darum sandte er ihm einen Diener
nach. Es fand sich aber, daß er die Wahrheit ge=
sprochen.

Da ließ der Papst ihn noch einmal zurückholen
und machte ihm das Anerbieten, ihn erziehen zu lassen
und für seine Zukunft zu sorgen. „Ach,“ sagte der
Knabe, „ich darf diese Wohlthat leider nicht annehmen,
weil meine Mutter zu arm ist und ich ihre einzige
Stütze bin.“

„So will ich für euch beide sorgen!“ sagte der
Papst gerührt.

10.

Das Marktpferd.

In der Nähe des Quirinals wohnte ein Mann,
welcher mit Waaren auf die Märkte zog. Unglücklicher
Weise verlor er den Gaul, der ihm die Waaren trug.
Untröstlich über sein Mißgeschick dachte er hin und
her, wie er zu einem neuen Pferde kommen sollte; die
verschiedensten Gesuche bei Freunden und Bekannten
schlugen fehl, unser Mann war der Verzweiflung
nahe.

„Halt,“ dachte er da, „unser guter Papst läßt kei=
nen Hülfsbedürftigen gehen, obschon er selbst oft genug
keinen Scudo hat. In seinem Marstalle stehen noch
Pferde, die einen geringen Werth haben und nicht mehr

gebraucht werden. Wenn ich ihn bitte, wird er mir eins geben."

Sofort begab er sich zum Palaste und überreichte dem Secretär Seiner Heiligkeit das sonderbare Gesuch. „Das ist ein vortrefflicher Gedanke," sagte der Papst und ließ ihm nicht allein ein Pferd geben, sondern auch zwei Goldstücke überreichen.

Der Mann stieg sogleich auf den Rücken des Rosses, hielt die Goldstücke hoch in der Hand, sprengte in sein Viertel und rief mit lauter Stimme: Viva Pio nono! Viva Pio nono!

11.

Das Kreuzchen.

Die jungen römischen Mädchen tragen fast alle ein goldenes Kreuzchen am Halse; es wird wie ein Talisman betrachtet und nur in der äußersten Noth versetzt oder verkauft. Eine junge Arbeiterin war in Folge der schlechten Zeit nicht mehr im Stande, den Unterhalt für ihre Mutter zu erschwingen und deshalb genöthigt, ihr Kreuzchen zu verkaufen, damit für einige Tage Brod in's Haus komme.

Das junge Mädchen, welches auf diese Weise den Hunger der Mutter stillte, glaubte, daß ihre That im Verborgenen geschehen sei; wie erstaunte sie daher, als sie am nämlichen Abende einen Brief aus dem Quirinal erhielt, in welchem fünf Goldstücke und ihr Kreuzchen eingeschlossen waren. In dem Briefe erhielt sie die Versicherung, daß Pius IX. über sie wache und daß die Mutter nicht mehr hungern solle. Nachher kam der Briefbote aus dem Quirinal noch oft, wenn in der Hütte die Noth groß wurde.

12.

Seine Flucht.

Pius IX. war 1848 ein Gefangener in seinem Palaste, die Revolution betrachtete ihn schon nicht mehr als Herrscher; Leute, welche jeden Augenblick bereit waren, ihn niederzuschießen, wurden ihm als Ehren= wache gegeben; aber diese Ehrenwache ließ ihm weniger Freiheit, als sie der geringste Bürger in seinem Hause hat; selbst seine wenigen Worte wurden belauscht.

Da riethen ihm die Freunde, zu fliehen, und erbo= ten sich, ihm bei der Flucht nach Kräften behülflich zu sein. Er zögerte, denn es widerstrebte ihm, heimlich von dannen zu gehen; hatte er doch stets das Gute gewollt und geübt. Aber die Unbilden häuften sich so sehr, daß er sich nach zwei Tagen entschließen mußte, ihrem Rathe zu folgen. Der 24. November war zur Ausführung bestimmt; nur der Cardinal Antonelli, der Herzog von Harcourt und der Graf Spaur, sowie einige Diener wußten um den Plan.

Am Abend des 24. November erschien der Herzog von Harcourt im Quirinal, vorgebend, daß er durch= aus mit dem Papste sprechen müßte. Obschon die Wachen sonst Niemanden vorließen, so wagten sie es doch nicht, den französischen Gesandten zurückzuweisen. Er wurde in das Arbeitscabinet des heiligen Vaters geführt, und die Wache stellte sich im Vorzimmer auf. Sobald der Gesandte eintrat und die Thür schloß, erhob sich Pius, legte die Zeichen seiner päpstlichen Würde ab und kleidete sich in ein weltliches Gewand. Thränen stürzten dabei aus seinen Augen und er drückte oft das Kreuz an seine Lippen.

Nach dem Umkleiden führte ihn ein vertrauter Diener über mehrere Treppen und Gänge zu einer entfernten Thür des Palastes, die nicht mehr im Gebrauch war. Dort stand ein Wagen bereit, welchen der französische Gesandte dorthin geschickt hatte. Ohne bemerkt zu werden, bestieg der heilige Vater denselben und entkam aus Rom, während die Wachen auf Harcourt's Rückkehr warteten.

Dieser blieb zwei Stunden in dem Cabinette des Papstes allein, unterhielt aber zum Scheine ein ziemlich lautes Gespräch mit sich selbst, damit die Wachen glauben sollten, der heilige Vater befinde sich noch im Cabinette, während er doch bereits die ewige Stadt verlassen hatte. Heraustretend redete er die Wachen ziemlich herrisch an: „Der heilige Vater ist müde und bedarf der Ruhe; er ist in sein Cabinet gegangen; stören Sie ihn nicht!"

13.

Der Papst unter den Cholerakranken.

Im Sommer des Jahres 1853 wüthete die Cholera unter den französischen Soldaten in Rom. In wenigen Tagen war das Spital mit Kranken und Sterbenden angefüllt. Der Andrang war so stark, daß die Betten, aus welchen die Todten genommen waren, sogleich wieder von neuen Kranken besetzt wurden. Da trat plötzlich der heilige Vater mitten unter die Leidenden, verweilte an jedem Bette, sprach mit den Kranken, ertheilte ihnen seinen Segen, richtete sie durch Worte des Trostes und der Liebe auf und vertheilte Medaillen der heiligen Jungfrau.

Nachdem er mit allen Kranken gesprochen und jedem Einzelnen seinen Segen gespendet hatte, rief er die Krankenwärter und Spitalbeamten herbei, ermun= terte sie mit feurigen Worten, in ihrer Pflicht nicht zu ermüden, und ertheilte ihnen gleichfalls den Segen. Als sich jetzt der heilige Vater zurückziehen wollte, trat ein alter Soldat auf ihn zu und erbat sich zu dem Kreuze, welches er bereits erhalten hatte, auch eines für seine Mutter. Der Papst gewährte gerne seine Bitte und der Soldat küßte ihm dankbar die Hand.

14.

Eine heilige Messe für das Dorf.

Ein junger französischer Soldat des Expeditions= corps fand sich eines Tages im Vatican ein und be= gehrte etwas ungestüm, mit dem heiligen Vater zu sprechen.

„Was für ein Anliegen hast Du?" fragte Pius.

„Das ist leicht gesagt," gab der Soldat zur Ant= wort. „Mein Kamerad, dem Eure Heiligkeit eine

Medaille verehrt haben, ist jetzt wieder in der Heimath und erzählt den Leuten so viel von Rom und vom Papste, daß sie ganz fromm geworden sind; und nun haben sie mir geschrieben, ich solle sogleich zum heiligen Vater gehen und ihn bitten, daß er eine Messe für unser Dorf liest. Deswegen bin ich nun hier, und ich werde die Messe gut bezahlen."

Er kramte aus seinem Beutelchen so viel Sousstücke zusammen, daß es zwei Franken wurden, und schob sie dem Papste hin. Dieser redete ihn lächelnd an: „Behalte Deine zwei Franken, mein Freund; die Messe für Dein Dorf will ich doch lesen. Morgen schon soll es geschehen; ich lade Dich dazu ein und hoffe, daß Du nicht fehlen wirst. Zum Andenken an die heutige Stunde aber nimm diesen Rosenkranz mit."

So kam es, daß der Papst für ein französisches Dorf eine Messe las.

15.

Der Kirchhof von Otricoli.

Als der heilige Vater im Jahre 1857 auf seiner Rundreise in das Dorf Otricoli kam, wurde er beim Ausgange aus der Kirche sogleich mit allerlei Vorstellungen bestürmt. Von der ihn umgebenden Menge erfuhr er, daß eine Verlegung des Kirchhofes schon seit Jahren eine dringende Nothwendigkeit sei; man habe aber zur Abhülfe des Uebelstandes immer noch nichts gethan.

Der Papst, welcher schnelle Hülfe liebte, versammelte sogleich den Gemeinderath um sich, ließ sich den Fall vorlegen und fragte nach den Kosten. Die Gemeinderäthe waren über die Nothwendigkeit der Verlegung einig, aber sie sollte zweihundert Thaler kosten. Der Bürgermeister des Dorfes, ein Maurer von Profession, erklärte sich auch bereit, die Arbeit für diesen Betrag zu übernehmen, aber woher das Geld nehmen? Das war eine Frage, die Niemand beantworten konnte.

Pius schaffte Rath, er stellte die Summe zur Verfügung und die Verlegung des Kirchhofes fand statt.

16.

Die vertrauungsvolle Kranke.

Eine arme Frau, welche lange krank darnieder gelegen, hatte den festen Glauben, sie würde genesen, wenn der heilige Vater ihr die Hände auflege. Als er nun auf seiner Rundreise durch ihre Stadt kam, nahm sie ihre beiden Kinder zu sich, drängte sich durch die Menge und gelangte bis zu Seiner Heiligkeit. „Heiliger Vater," redete sie ihn in banger Erwartung an, „diese beiden Kinder verlieren Alles, wenn ich sterbe, darum rette mich vom Tode, gieb mir das Leben zurück!"

„Armes Weib," antwortete der Papst, „ich habe nicht die Macht, Kranke zu heilen, aber es fehlt mir nicht an einem Herzen, um mit Dir zu flehen. Gott ist unendlich gütig! Wende Dich neun Tage lang an denjenigen, welcher die Vorsehung der Wittwen und Waisen ist. Ich will mein Gebet mit dem Deinigen vereinigen. Komm, wir wollen gleich den Anfang machen."

Dem Beispiele des heiligen Vaters folgend, fielen das Weib und alles Volk, welches umherstand, auf die Knie und flehte zum Himmel für die Arme.

17.

Die Beichte.

Auf derselben Reise trat ihm eines Tages ein Mann in zerrissenem Anzuge und mit abschreckendem Aeußern entgegen. Alles an ihm verrieth, daß er ein Räuber war. Der Papst streckte seine Hand aus, gebot der jubelnden Menge, die ihn umjauchzte, einen Augenblick Ruhe, näherte sich dem widerwärtigen Menschen mit der größten Freundlichkeit und sprach: „Mein Sohn, ich bemerkte, daß Du Dich mir nähern wolltest. Was wünschest Du von mir?"

„Ach, ich bin ein großer Sünder," gab dieser zur Antwort, „ich kam nur, um Eure Heiligkeit zu sehen und meine Neugierde zu befriedigen, aber Ihr Blick hat plötzlich mein Gewissen erweckt. Ich will Ihnen, heiliger Vater, meine Sünden beichten, denn außer Eurer Heiligkeit giebt es keinen Priester auf der Welt, welcher die Macht hat, sie zu vergeben."

„So folge mir in die Kirche," sprach der Papst.

Schneller wurden seine Schritte, er beeilte sich, so rasch er konnte, das Gotteshaus zu erreichen, denn es galt ja, dem guten Hirten ein verlorenes Schaf zurück=zubringen.

Er hörte in der Kirche die Beichte des Sünders, sprach eindringende Worte zu ihm und erweichte sein Gemüth so sehr, daß er von dieser Stunde an ein braver Mensch und ein nützliches Mitglied der Ge=sellschaft wurde.

18.

Schilderung einer Audienz.

Abbé B. Dumasc, Secretär des Herrn von Ségur in Rom, theilt uns folgenden Brief eines Kin=des mit.

„Um zwei Uhr erhielten wir die Nachricht, daß uns der heilige Vater eine Audienz gewährt habe. Wir eilten sofort in den Vatican; in einem großen Saale, worin sich viele Leute befanden, mußten wir warten. Wir fürchteten, der heilige Vater werde uns nicht allein empfangen, aber wir hatten uns geirrt, er gab jeder einzelnen Familie eine Audienz, zuletzt uns. Mein Vater sagte dem Papste, daß ich zum ersten Male zur heiligen Communion ging. Das war die Ver=anlassung, daß ich um seinen Segen bat. Er legte die Hand auf meine Schulter und erlaubte mir, seinen Fuß und seinen Ring zu küssen. Damit hatte die Audienz ihr Ende. Schon hatten wir den Fuß der Treppe erreicht, als ein Prälat kam und Mama sagte, der heilige Vater wolle das älteste der Kinder noch einmal sehen. Sogleich eilte ich zurück.

Der Papst sagte mir nun, ich solle meine Eltern benachrichtigen, daß er mir etwas schenken wolle. Ich that es und lief ihm abermals entgegen. Mit gekreuzten Armen erwartete er mein Kommen und richtete seine Augen auf mich. Er legte abermals die Hand auf meine Schulter und sagte: „Ich muß Dir doch etwas schenken." Ich folgte ihm aus dem Zimmer.

„Wie heißt Du?" fragte er auf dem Wege.

„Moritz," gab ich zur Antwort, und der heilige Vater wiederholte: Morizio. Fast jedes meiner Worte wiederholte er auf Italienisch. Er fragte weiter: „In welchem Theile Frankreichs wohnt Ihr?" Ich antwortete: „Heiliger Vater, in Paris."

Er schwieg einige Augenblicke; wir waren unterdessen über viele Gänge und durch große Säle gekommen. Jetzt wandte er sich wieder an mich und sagte: „Moritz, siehst Du all diese Zimmer, diese Malereien, diese schönen Dinge? das ist der Vatican." Vor der Kreuzigung des heiligen Petrus blieb er einen Augenblick stehen und betrachtete das Bild. Seiner Brust entstieg ein Seufzer und er flüsterte vor sich hin: „Das ist mein Bild!"

Ich verstand wohl, was er sagen wollte; er deutete die Leiden und Trübsale an, die ihn trafen. Zu den ihm folgenden Prälaten gewendet, sagte er: Poverino ragazzo! (Armes Kind). Er glaubte wohl, ich verstände die gemachte Anspielung nicht.

Etwas später schaute er mich an und sagte: „Moritz, es dauert Dir wohl lange." Als er diese

Worte zum zweiten Male sprach), versicherte ich ihm, daß ich mich im Gegentheile freue.

„Sieh da die Schweizer!" sagte er, als wir ihnen vorüberkamen und sie sich niederknieten.

Er sah mich die ganze Zeit an und hielt meine Hand fest, bis er müde wurde und die seinigen kreuzte. Aus Unvorsichtigkeit stieß ich ihn einmal an. Eine halbe Stunde ging ich so mit dem Papste umher; Alle, an welchen wir vorüberkamen, lächelten.

Vor einer Thüre blieb der heilige Vater stehen, senkte seinen Arm fast bis zum Ellenbogen in die Tasche und holte einen Schlüssel mit einem krausen Barte hervor; damit schloß er das Zimmer auf und hieß mich eintreten; aber ich ließ ihm den Vortritt und folgte. „Sieh da mein Zimmer, mein Bett, mein Schreibpult!" sagte er. Hierauf verschloß er die Thür wieder mit dem Schlüssel und wir waren ganz allein. Als ich das Bett betrachtete, fand ich, daß es mit einem rothen Stoff bedeckt war, sonst aber nur aus einer Matraze und einem Strohsacke bestand. Auf dem Schreibpulte stand ein Ding, daß wie eine Uhr aussah und welches viel Geräusch machte. „Was ist das für eine Maschine, heiliger Vater?" fragte ich. „Es ist die Pendule, nach welcher ich meine Arbeit eintheile," gab er zur Antwort.

Auf dem Schreibpulte stand ebenfalls ein goldenes Crucifix. Der Tisch war mit Wachstuch überzogen und es fanden sich etwa sechs Schubladen darin. Eine derselben öffnete er mit einem Schlüsselchen. Sie ent= hielt Medaillen, Kreuzchen und dergleichen.

„Was soll ich Moritz geben?“ flüsterte er, indem er ein in Gold gefaßtes Camée nahm und sprach: „Da ist ein kleines Bild der heiligen Jungfrau.“ Gleichzeitig fiel sein Auge auf ein goldenes Medaillon mit seinem Portrait. Er schien unschlüssig und suchte weiter. Endlich gab er mir ein Medaillon.

Ich dankte ihm, und der heilige Vater sagte: „Ich wünsche euch eine glückliche Reise.“ Dabei ergriff er meine Hand, als ob er mir einen Handschlag geben wollte; ich bückte mich aber rasch und küßte die Hand, welche die meinige hielt.

Lächelnd sagte er dann: „Addio, mio figlio! (Lebewohl, mein Sohn). Ich hoffe, Dich recht bald wiederzusehen.“

Ich hatte am vorhergehenden Tage gebeichtet. Es schien mir, als ob ich der Erde entrückt sei.

Schließlich sprach der heilige Vater noch: „Moritz, dieser Herr wird Dich zu Deinen Eltern zurückfüh= ren.“ Es war ein Officier, den ich für einen General hielt.

Ein Prälat, der eine violette Soutane trug, sprach zu mir: „Nicht wahr, das Alles wirst Du Deinen kleinen Freunden in Paris erzählen?“

19.

Ein greiser Priester.

Zu den Ohren des heiligen Vaters gelangte einst die Nachricht, an einer der ersten Kirchen Roms be= finde sich ein siebenzigjähriger Priester, der sein langes

Leben hindurch mit treuem Eifer gewirkt, nun aber so schwach geworden sei, daß er seinen Dienst nicht mehr, wie früher, erfüllen könne. Da ließ er den Decan jener Kirche zu sich kommen, und als er hörte, daß die Entkräftung eine Folge von unzureichender Nahrung sei, erhöhte er das Einkommen des greisen Priesters und befahl, daß er alle Morgen, nachdem er die Messe gelesen, eine Kraftbrühe, ein Glas alten Weines und einige stärkende Gerichte auf seinem Tische finden solle.

20.

Wie Pius IX. sich an seinen Feinden rächt.

Ein Mann machte sich ein Geschäft daraus, Schmäh=schriften gegen den heiligen Vater zu verbreiten. Da wurde er von der römischen Polizei auf frischer That ergriffen und eingesperrt. Als der Papst von seiner Verhaftung hörte, wollte er ihn selbst sehen und ließ ihn holen.

Er stellte verschiedene Fragen an ihn und merkte dabei, wie sich der Mann vor der Strafe fürchtete, die ihn erwartete. Von Mitleid ergriffen sprach er: „Mein Sohn, da Du nur gegen meine Person ge=fehlt hast, so verzeihe ich Dir.“

Der Schuldige wurde bis zu Thränen gerührt, fiel ihm zu Füßen und erklärte sich bereit, die Verfasser der Schmähschrift zu nennen.

„Nein, nein, begehe keinen Verrath,“ fiel ihm der Papst rasch in die Rede. „Das Schweigen des Gra=

bes möge ihr Vergehen bedecken! Nur wünsche ich ihnen eine aufrichtige Reue."

21.
Die Pomeranze.

Als Pius IX. Papst wurde, führte er bei seiner Tafel die größte Sparsamkeit ein, um für die Armen desto mehr zu erübrigen. Als er in den heißen Tagen des ersten Jahres seiner Regierung einen Trunk Pomeranzenlimonade verlangte, brachte man ihm allerlei Erfrischungen mit Backwerk. Etwas unwillig über die Verschwendung befahl er, daß ihm nur eine Pomeranze und ein Messer gebracht werde. Er drückte die Pomeranze selbst in das Glas aus und ordnete an, daß es künftig immer so gehalten werde.

22.
Wunderbare Rettung aus Lebensgefahr.

Im Jahre 1855 befanden sich viele Bischöfe in Rom, welche vor ihrem Abschiede vom heiligen Vater in die Katakomben und andere heilige Orte geführt wurden. Er kehrte mit ihnen in St. Agnese, einer Kirche vor Rom, ein. In dem großen geschmückten Saale des Pfarrhauses wurde ein einfaches Mahl genommen. Der heilige Vater saß an einem kleinen Tischchen unter einem Thronhimmel, von den Uebrigen

etwas abgesondert, rechts und links die Cardinäle, Bi=
schöfe und das vornehme Gefolge, im Ganzen etwa
einhundertfünfzig Personen.

Nach dem Essen begab man sich in den angrenzen=
den Conversations=Saal, wo der heilige Vater, auf
einem Thronstuhle sitzend, die Cardinäle, sowie die
anderen Gäste empfing und sich mit ihnen unter=
hielt.

Er wollte sich eben erheben, als die Zöglinge der
Propaganda, einhundertundzehn an der Zahl, in den
Saal traten, um dem Papste ihre Huldigung darzu=
bringen. Er empfing sie liebevoll, fragte nach ihren
verschiedenen Vaterländern und unterhielt sich mit
ihnen über mancherlei Dinge, als der Fußboden des
Saales plötzlich zu wanken begann und unter furcht=
barem Krachen zusammenbrach. Etwa einhundertund=
zwanzig Personen, und mit ihnen der heilige Vater
stürzten in ein zwanzig Fuß tiefes Gewölbe hinab.

Trümmer, Mörtel, Steine 2c. fielen nach und
hüllten die Versunkenen in eine so dichte Staubwolke,
daß sie kaum athmen konnten und zu ersticken glaubten.
Ein banger Schrei des Entsetzens hallte von den Lip=
pen derjenigen, welche nicht mit hinabgestürzt waren,
denn Jeder glaubte, der heilige Vater sei todt oder
verstümmelt. Wie groß war aber die Freude, als
man ihn gänzlich unversehrt unter seinem Thronsessel
fand. Das nachstürzende Gebälk und die Mauerstücke
hatten ihm nicht den mindesten Schaden gethan. Auch
die Uebrigen hatten keine bemerkenswerthen Verletzungen
davon getragen.

Wie sah es aber in dem Gewölbe aus!. Es, wimmelte daselbst von den herabgestürzten, im Falle theils zerbrochenen Gegenständen. Eisentheile, Steinblöcke, Bretter, Balken, Splitter, Lehnsessel, Tische 2c. alles lag zerbrochen durch=, unter= und übereinander. Um so mehr war es zu verwundern, daß Niemand todt blieb oder sich tödtlich verletzte.

In Zukunft wurde zum Andenken an die wunderbare Rettung in der Kirche zur heiligen Agnes alljährlich in Beisein des Papstes ein Dankfest gefeiert.

23.

Die Tagesordnung Pius' IX.

Der Papst steht um vier Uhr vom Schlafe auf, betet eine ganze Stunde und bringt dann in einer besondern Kapelle das heilige Opfer dar. Nach ihr liest einer seiner Kapellane eine heilige Messe und während dieser Zeit verrichtet der heilige Vater sein Dankgebet.

Um 6 $\frac{1}{2}$ Uhr geht er in seine einfache Studirstube, ein Gemach, welches in seiner Möblirung ganz ärmlich ist. Es enthält nur ein Schreibpult, über welchem ein Crucifix hängt, einen Sessel für den Papst und einige Stühle.

Bis ein Uhr arbeitet er, dictirt seinen Secretären oder hat Conferenzen mit den Kardinälen und Ministern. Um ein Uhr speist er sehr einfach zu Mittag, kaum so gut wie ein etwas bemittelter Bürger, aber stets allein, denn das ist altes Herkommen.

Die Zeit des Mahles darf nicht blos mit Essen verbracht werden. Der Maggiordomo und der Geheim=secretär befinden sich in seiner Nähe und statten Bericht über die Privatangelegenheiten des Palastes ab. Drängen die Geschäfte, so werden außerdem noch öffentliche Angelegenheiten behandelt, und er dictirt seinen Secretären.

Nach dem Essen ruht der heilige Vater eine Stunde oder macht einen Spaziergang im Garten. Dann beginnen die Audienzen, welche bis fünf Uhr dauern. Von Fünf bis Sechs verrichtet er sein Gebet vor dem allerheiligsten Sacramente und bringt dann bis zehn Uhr wieder arbeitend in seinem Cabinette zu. Nach Zehn legt er sich endlich, müde und abgespannt, zur Ruhe.

24.

Seine Demuth.

Im Hospiz der Dreieinigkeit waren eines Tages viele Pilger angekommen; allen wurden, dem Gebrauch des Hospizes gemäß, nach dem Willkommen die Füße gewaschen. Ein Preuße aber war so ermüdet, daß er sich den Ceremonien nicht unterwerfen konnte, bis er geruht und sich erholt hatte. Da kam der Papst zum Besuche. Als er von dem Pilger, einem armen, abgerissenen Manne, hörte, erklärte er, daß er selbst die Fußwaschung an ihm vollziehen werde.

Wie der Pilger sich auch sträubte, er mußte es ge=
schehen lassen, ja er durfte es nicht einmal hindern,
daß er ihm die Füße küßte. Nachher entließ er ihn
reich beschenkt.

Leser, würdest auch du aus Demuth ein solches
Werk verrichten?

25.

Der Milchbruder.

Im Sommer 1846, nicht lange nachdem Pius IX.
den Stuhl des heiligen Petrus bestiegen hatte, fand
sich ein Landmann in Rom ein, welcher den Papst zu
sprechen wünschte. Da er zur außergewöhnlichen Stunde
erschien, wurde er zurückgewiesen, aber er hörte nicht
auf mit Drängen. Da befahl der Papst, daß man
ihn vorlasse. Wie groß war sein Erstaunen, als er
in dem Bauer seinen Milchbruder fand. Er unter=
hielt sich freundlich mit ihm, fragte nach seiner Nähr=
mutter, nach den Neuigkeiten in seinem Geburtsorte
und schließlich, ob er in Noth sei und Hülfe von ihm
verlange.

„Ich habe Alles genug, heiliger Vater," gab der
Mann zur Antwort, „ich bin nur gekommen, Sie zu
sehen und über Sie zu wachen."

„Aber ich habe schon Wächter genug," antwortete
Pius lächelnd.

„Nun, so geben Sie mir eine Beschäftigung, denn
ich will den Trost haben, Sie zu sehen."

Er bekam ein Amt; da er aber nur selten Gelegenheit hatte, das Antlitz des heiligen Vaters zu sehen, so verlangte er, in den Gärten angestellt zu werden. Auch diese Bitte wurde ihm gewährt.

26.

Sein Sinn für das praktische Leben.

Der heilige Vater hat nicht allein an kirchlichen Dingen seine Freude, sondern nimmt auch den innigsten Antheil am Leben. Auf seiner Rundreise besuchte er die bedeutendsten industriellen Anlagen. Zu Serravalle verschmähte er es nicht, die Säle einer großen Tabaksfabrik zu durchwandern, sich mit den Arbeitern zu unterhalten und sich die Bereitung des Tabaks zeigen zu lassen. Museen und öffentliche Ausstellungen zogen ihn an. Zu Pesaro legte er den Grundstein zu einem neuen Hafen, zu Ascoli machte er einen Umweg, um die Straßenarbeiter zu ermuntern, und zu Cressi empfing er die Abgeordneten von Hammerwerken, um mit ihnen über die Verbesserung der Eisenfabrikation und den Vertrieb ihrer Producte zu berathen.

27.

Die Zellenwagen.

Einst sah Pius einen Transport von Gefangenen, welche an den Händen gefesselt und so enge zusammen=

gepfropft waren, daß sie viel davon zu leiden hatten. Es that ihm wehe, und am folgenden Tage gab er den Auftrag, daß für solche Transporte Zellenwagen erbaut würden, wie sie bereits in anderen Ländern be=
standen.

Muttergottesrosen.

Vollständiges
Gebet-, Trost- und Erbauungsbuch
besonders
zur eifrigen Verehrung und Anrufung
der
göttlichen Mutter.
Von
Joseph Kremer.

„Keine Rose ohne Dornen, kein Christ ohne
„Kreuz, aber auch kein frommes Gemüth ohne
„Trost und Hülfe von Oben.“

Mit hoher geistlicher Approbation.

Die Prachtausgabe von Muttergottesrosen erscheint in 10 monatlichen Lieferungen à 7½ Sgr.

Dieselbe wird einen Titel in Oelfarbendruck und 10 prachtvolle, eigens für diese Ausgabe gestochene Bilder in Stahlstich enthalten.

Dieses herrliche Gebet-, Trost- und Erbauungsbuch sei allen katholischen Christen ganz besonders empfohlen. Es ist dies das neueste Werk des in der ascetischen Literatur rühmlichst bekannten Verfassers und kein gewöhnliches Gebetbuch, sondern eine durch den Geist wahrer Andacht und innigster Verehrung zur heil. Gottesmutter Maria durchdrungene Arbeit.

Verlag von A. Riffarth in M.-Gladbach.

Bei Gebrüder Räber in Luzern ist soeben erschienen:

Gedanken am Communion-Tage.

Aus dem Tagebuch einer christlichen Jungfrau.

Sechs Jahrgänge 1861—1867. 146 Seiten in Taschenformat, 1869, mit feinem Stahlstiche.

Preis: In elegantem Leinwandband mit Marmorschnitt fl. 1 = 18 Sgr.

ditto mit Goldschnitt fl. 1. 10 Kr. = 21 Sgr.

Das Büchlein ist in Versen verfaßt, ein tiefer religiöser Geist durchzieht das Ganze. Es verdient Aufnahme bei Allen — männlichen und weiblichen Geschlechtes, die nicht selten dem Tische des Herrn sich nahen, vorzüglich aber eignet sich selbes für Frauen und Jungfrauen, Ordenspersonen, Pensionärinnen 2c.

————————

Licht und Schatten

oder

Volksstimme gegen Priesterhaß in unsern Tagen.

Von Prof. Jos. Peter. 174 Seiten Octav, 1869, br. 36 Kr. = 12 Sgr.

In dieser Schrift möchte der Verfasser den katholischen Priesterstand in Schutz nehmen gegen die vielen Schmähungen und Kränkungen, denen er besonders heutzutage stets ausgesetzt ist. Der heutige Priesterhaß ist eine ernste Zeitwunde und entspringt aus dem überhandnehmenden Unglauben. Diese Schrift ist für's Volk berechnet und soll den Haß gegen die Priester als unverdient zurückweisen. Deshalb werden in einer Anzahl geschichtlicher Beispiele die Stellung, die Tugenden, Verdienste und das allseitige Wirken der katholischen Priester geschildert, und zum Schlusse mögen dann die angeführten Strafen an Priesterfeinden den noch Ungestraften zur Warnung dienen.

————————

Druck von G. Pätz in Naumburg

Zur Feier des 50jährigen Priester = Jubiläums Sr. Heiligkeit Pius IX. hat der Verleger dieses Büchleins verschiedene **Gedenkblätter** in Schwarz = und Buntdruck herstellen lassen. Dieselben enthalten das wohlgetroffene Bildniß des heiligen Vaters und sind mit einer schönen, sinnigen Randverzierung versehen. Eingerahmt gereichen solche jedem Zimmer zur Zierde und bilden ein bleibendes Andenken an diese seltene Feier. Dieselben sind zum Preise von 5 bis 15 Sgr., oder 18 bis 54 Krzrn. zu haben. Aber auch kleinere Bildchen, zum Einlegen in die Gebetbücher bestimmt, sind angefertigt worden und zwar prachtvolle in Gold = und Farbendruck, als auch einfachere, welche nur wenige Pfennige kosten.

Diese Gedenkblätter sind in allen Buchhandlungen zu haben, wie auch bei den Wiederverkäufern, als Buchbindern, Bilderhändlern u. s. w.